roman rouge

Dominique et Compagnie

Sous la direction de
Agnès Huguet

Angèle Delaunois

Série Drôles de contes
Le choix
de Perrette

Illustrations
Marie-Claude Favreau

Fiches pédagogiques des romans rouges

www.dominiqueetcompagnie.com/pedagogie

– des guides d'exploitation pédagogique pour l'enseignant(e)
– des fiches d'activités pour les élèves

Catalogage avant publication de Bibliothèque et Archives nationales du Québec et Bibliothèque et Archives Canada

Delaunois, Angèle
Le choix de Perrette
(Roman rouge ; 54)
(Série Drôles de contes)
Pour enfants de 6 ans et plus.

ISBN 978-2-89512-691-1
I. Favreau, Marie-Claude. II. Titre.
III. Collection.

PS8557.E433C56 2008   jC843'.54 C2007-942337-X
PS9557.E433C56 2008

Dépôts légaux : 3e trimestre 2008
Bibliothèque et Archives nationales
du Québec
Bibliothèque nationale du Canada
Bibliothèque nationale de France

ISBN 978-2-89512-691-1
Imprimé au Canada

10 9 8 7 6 5 4 3 2 1

Direction de la collection
et direction artistique :
Agnès Huguet
Conception graphique :
Primeau & Barey
Révision et correction :
Corinne Kraschewski

Dominique et compagnie
300, rue Arran
Saint-Lambert (Québec)
J4R 1K5 Canada
Téléphone : 514 875-0327
Télécopieur : 450 672-5448
Courriel :
dominiqueetcie@editionsheritage.com
Site Internet :
www.dominiqueetcompagnie.com

Nous remercions le Conseil des Arts du
Canada de l'aide accordée à notre programme de publication. Nous reconnaissons l'aide financière du gouvernement du
Canada par l'entremise du Programme
d'aide au développement de l'industrie de
l'édition (PADIÉ) pour nos activités d'édition.

Nous reconnaissons l'aide financière du
gouvernement du Québec par l'entremise
du Programme de crédit d'impôt pour l'édition de livres – SODEC – et du Programme
d'aide aux entreprises du livre et de
l'édition spécialisée.

Chapitre 1

Vente de garage chez grand-papi

Perrette et Rougeline sont les meilleures copines du monde. Elles sont toujours ensemble. Jamais une dispute !

Aucun nuage à l'horizon, donc ? Pas si sûr ! Rougeline est plus gâtée que Perrette. Sa mère et sa mamie lui offrent plein de cadeaux : espadrilles dernier cri, vêtements de marque, gadgets à la mode… Perrette n'est pas jalouse. Seulement, ses parents ont moins de sous que ceux de Rougeline. Et elle doit souvent partager ses jouets avec ses deux frères. Sans compter qu'elle porte souvent leurs vieux vêtements !

• • •

Par un beau lundi de printemps, Perrette s'habille avant de partir à l'école. Elle grogne.

« Saperlicroquette ! J'en ai assez de porter le vieux pantalon de François et le coupe-vent délavé de Jean. »

Pauvre Perrette ! Elle aimerait tellement être aussi bien habillée que sa copine !

Pour la fête de fin d'année, Rougeline vient tout juste de recevoir un ensemble super « cool » : camisole à bretelles, jupe à volants, chandail brodé, le tout d'un beau rouge cerise. Une vraie toilette de vedette ! À côté

d'elle, elle va avoir l'air de quoi, Perrette, avec sa robe trop courte de l'an dernier ?

Si seulement elle pouvait s'offrir la tenue de ses rêves ! Elle sait exactement ce qu'elle veut. Dans une boutique du centre commercial, elle a vu un ensemble identique à celui de Rougeline : camisole à bretelles, jupe à volants, chandail brodé, le tout d'un beau vert émeraude.

Perrette imagine très bien l'effet qu'elles pourraient faire, Rougeline en rouge, et elle, en vert, à la fête de l'école, dans deux semaines. Deux stars ! La fillette s'y voit déjà.

Seulement, il y a un problème, un immense problème. L'ensemble vert coûte soixante-quinze dollars. Une fortune ! Perrette vide sa tirelire sur son lit. Elle compte ses économies : huit misérables dollars. Malheur de malheur, elle est bien loin du compte !

À moins que… Perrette sourit. Une idée de génie vient de lui traverser l'esprit !

Grand-papi est veuf depuis plusieurs mois et il s'ennuie tout seul dans sa grande maison. Pour se rapprocher de sa famille, il a décidé de vendre sa propriété et de déménager dans le village où habite Perrette. Il va s'installer dans un petit appartement de la Résidence des Fleurs, une maison pour les aînés. Le hic, c'est qu'il possède bien trop

de choses. Que faire avec tous les trucs dont il n'a plus besoin ?

Le vieux monsieur a trouvé la solution. Il a organisé une super vente de garage chez lui pour le prochain samedi. L'air innocent, Perrette court rejoindre son père dans le jardin.

– Tu sais, papa, je suis assez grande maintenant pour surveiller une table à la vente de grand-papi… Et après, est-ce qu'on pourra garder les sous qu'on aura gagnés ?

Papa éclate de rire.

– On dirait bien que tu as le sens des affaires, mon petit cœur. Pourquoi pas ? Mais on en reparlera avec les autres.

C'est dans la poche, Perrette en est sûre ! À elle la camisole à bretelles, la jupe à volants et le chandail brodé. Vivement samedi prochain !

Chapitre 2

La douche froide

Perrette et sa famille passent une dernière veillée chez grand-papi. Avec émotion, on ouvre les armoires. On se partage quelques souvenirs de la vieille maison. Perrette choisit une courtepointe représentant des tulipes et un vieux livre de contes.

Le lendemain, de grandes tables sont installées dans le jardin et la pelouse se couvre de meubles. Voisins et amis viennent saluer grand-papi. Il a le cœur gros de quitter sa

maison, mais il tient le coup, son cha-
peau de paille fièrement perché sur
sa tête.

Perrette est responsable d'une
table, celle des petits objets en verre.
Sa grand-mère aimait beaucoup les
collectionner. La fillette met de côté
un oiseau en cristal pour Rougeline.

À midi, grand-papi commande
des pizzas. On pique-nique joyeu-
sement. Les clients sont tellement
nombreux à la table de Perrette que,

à cinq heures, elle a tout vendu. Le
cœur battant, elle compte son trésor :
quarante-deux beaux dollars. Avec
les huit de sa tirelire, ça fait cinquante
dollars ! Il lui manque donc… Perrette
n'a pas le temps de réfléchir davan-
tage car son père s'exclame :

— Je suis fier de vous, mes mous-
saillons ! Pour vous récompenser, je
propose que nous mettions en com-
mun tout l'argent que nous avons
gagné. On pourrait faire une sortie

en famille… au Cirque des Planètes, par exemple. Qu'est-ce que vous en dites ?

François et Jean hurlent aussitôt de joie comme deux imbéciles. Maman saute au cou de papa.

Perrette reste sans voix. Quelle douche froide ! Malheur de malheur ! Elle l'a gagné, cet argent, et PERSONNE ne viendra lui dire quoi en faire. Les quarante-deux dollars sont à elle. À ELLE TOUTE SEULE ! Elle lance un regard noir à son père.

— Non, non et non ! Pas question !

Seule dans sa chambre, Perrette range ses quarante-deux dollars dans sa vache. Personne ne lui a adressé la parole sur le chemin du retour et maman a « oublié » son câlin du soir, mais elle s'en fiche.

Le lendemain, lorsqu'elle se réveille, la maison est silencieuse. Sur le comptoir de la cuisine, une assiette l'attend : une tartine, un yaourt et une poire. Tout en grignotant, elle fait le tour des pièces. Il n'y a personne ! Mais où sont-ils passés ?

Papa, maman, François et Jean reviennent vers midi. Ils rigolent beaucoup. Maman coince des papiers imprimés sous l'aimant du frigo. Perrette s'approche en douce. Saperlicroquette ! Quatre billets pour le Cirque des Planètes, pour la représentation du 18 juin. Ils ont décidé d'y aller sans elle. Plantée devant le frigo, la fillette ne voit pas ses frères s'approcher.

— Et avant, on va visiter l'Insectarium, clame François dans son oreille.

—Et après, on va aller au restaurant, claironne Jean dans son autre oreille.

—Ça m'est bien égal, réplique Perrette. Si vous croyez que ça m'intéresse, vos bestioles à vingt pattes, vos clowns idiots et votre poulet frit, vous vous trompez. Je préfère rester ici ou aller chez Rougeline.

Vexée, elle remonte dans sa chambre. Quoi qu'elle en dise, elle a un pincement au cœur en pensant au Cirque des Planètes. Rougeline y

est allée. Perrette aurait bien aimé, elle aussi, découvrir les merveilles du grand chapiteau.

L'affreuse journée finit par passer, mais Perrette se sent bien seule. Au souper, tout le monde l'ignore. Ils parlent tous du 18 juin, comme si elle n'existait pas. Saperlicroquette ! Ils exagèrent.

Et, en plus, personne ne lui a demandé ce qu'elle comptait faire avec ses sous !

CIRQUE DES PLANÈTES

Chapitre 3

Travaille !

Victoire ! Perrette a enfin trouvé LA SOLUTION pour obtenir les vingt-cinq dollars qui lui manquent. Pour ça, elle doit mettre toutes les chances de son côté. Elle débarrasse la table, fait son lit, sourit à ses frères… Une vraie petite fille modèle !

À l'heure du coucher, Perrette passe à l'attaque lorsque sa mère vient lui faire son bisou du soir.

—Maman, je peux te demander quelque chose ?

– Vas-y, mon petit cœur !

– C'est bientôt mon anniversaire.
Au lieu de me faire un cadeau, tu ne
pourrais pas me donner des sous ?
Vingt-cinq dollars ?

Maman regarde sa fille en fron-
çant le nez.

– Pour quoi faire ?

– C'est un secret.

– Perrette, c'est beaucoup d'argent
que tu me demandes là. Qu'est-ce
que tu complotes ?

Aïe ! Lorsque maman veut savoir quelque chose, elle est pire qu'une sorcière.

– Ben… j'ai vu un ensemble vert au centre commercial. Comme celui de Rougeline. Mais il me manque des sous…

– C'est donc ça ! C'est pour acheter des vêtements qui seront démodés à la fin de l'été que tu ne veux pas participer à notre sortie familiale ?

Un peu honteuse, Perrette baisse la tête.

—D'un autre côté, poursuit maman, tu n'étais pas obligée d'accepter l'idée de papa. Mais les sous qui te manquent, pas question que je te les donne. Si tu veux vraiment cet ensemble, TRAVAILLE !

Perrette avait prévu le coup. Elle a un plan de rechange. Elle est la préférée de grand-papi. Lui, il acceptera de l'aider. Mais maman

ajoute avant de quitter la chambre :

– Et je te déconseille de mendier cet argent auprès de ton grand-père !

Saperlicroquette ! Une vraie sorcière ! Perrette se cache sous sa couette. On va bien voir ! S'il faut travailler, elle va travailler. Toute la nuit, la fillette se creuse la tête. Au petit matin, elle est épuisée, mais elle a trouvé plusieurs façons de gagner des sous.

Première étape : Jean et François.

Dans leur chambre, il y a un aquarium plein de poissons multicolores qu'ils n'ont jamais le temps de nettoyer. Les garçons sont bien contents de se débarrasser de cette corvée lorsque leur petite sœur leur propose de s'en occuper. En échange, ils acceptent de la payer.

Perrette transporte le lourd bocal jusqu'à la salle de bains. Un par un, elle pêche les poissons et les installe dans le lavabo. Ensuite, elle rince le gravier et les plantes. Elle récure l'aquarium, le remplit d'eau propre et y réinstalle ses locataires. Quel travail ! Et ce n'est pas fini, car la salle de bains ressemble à une piscine. Maintenant, elle doit tout éponger.

L'opération dure une bonne heure. Tout cela pour… deux minuscules dollars.

Deuxième étape : monsieur Bouchard, l'heureux propriétaire de Bisouille. L'automne dernier, ce chien complètement fou a terrorisé Rougeline dans l'érablière. Depuis cette mésaventure, monsieur Bouchard enferme son animal dans la maison. Mais Bisouille pleure et aboie toute la journée, ce qui embête tout le village.

Perrette va sonner chez son voisin. Dès que la porte s'ouvre, Bisouille se précipite sur elle. Il la débarbouille à grands coups de langue baveuse. Une horreur ! Mais la fillette se concentre sur son idée.

– Monsieur Bouchard, si vous êtes d'accord, je pourrai promener votre chien pour qu'il se dégourdisse les pattes. Comme ça, il ne pleurera plus. Trois dollars la demi-heure, trois fois par semaine ?

Monsieur Bouchard accepte.

Perrette propose de faire un essai tout de suite. Dès qu'il voit la laisse, le chien saute partout. La fillette a toutes les peines du monde à la fixer à son collier. Et dès qu'elle ouvre la porte, il démarre au galop, la traînant derrière lui. On ne sait plus qui promène qui !

Cinq minutes plus tard, Perrette est à bout de souffle. Bisouille, lui, n'a pas perdu une miette de son énergie. Soudain, il aperçoit un ma-

tou sur l'autre trottoir et bondit dans sa direction. Perrette trébuche et lâche la laisse. Quant à Bisouille, il prend la clé des champs.

Les genoux écorchés, Perrette retourne chez monsieur Bouchard en boitillant. Elle n'a rien à lui expliquer, puisqu'il a tout vu depuis le seuil de sa porte. La fillette est incapable de maîtriser sa terreur à quatre pattes. Comme prix de consolation, il lui donne cinq dollars.

Saperlicroquette ! Le plan ne marche pas aussi bien que prévu. Mais dans la vache il y a maintenant cinquante-sept dollars ! Perrette pourrait déjà acheter la camisole et la jupe à volants, mais il lui faut aussi le chandail. Elle ne peut pas être moins belle que Rougeline.

Chapitre 4

Les choses que l'on possède...

Plus qu'une semaine avant la fête de l'école. Et il manque toujours dix-huit dollars dans la tirelire. Heureusement, Perrette a une autre idée : le recyclage ! Elle va récupérer les contenants vides qui traînent partout et les vendre au magasin général.

Samedi, après le récurage de l'aquarium, elle prend un grand sac vert et part en expédition. Trois heures plus tard, les pieds en compote, Perrette a exploré toutes les poubelles du village. La récolte est bonne : cinquante-trois canettes et vingt-deux bouteilles en plastique. Au magasin, la caissière la félicite pour son initiative et lui tend… quatre dollars.

Tout ce travail pour si peu ! Entre les poissons et le recyclage, Perrette a couru comme une folle. Elle a six dollars de plus, mais elle n'a pas eu

le temps de voir Rougeline et elle a une tonne de devoirs en retard.

Perrette passe l'après-midi à étudier ses leçons. Rougeline téléphone pour l'inviter au cinéma. La mort dans l'âme, Perrette refuse. Sa copine se vexe. Les deux fillettes se disputent pour la première fois. Malheur de malheur !

Le lendemain, Perrette décide d'aller voir son grand-père à la Résidence des Fleurs.

• • •

La fillette a le cœur serré. Le mini-appartement de grand-papi semble bien vide. Il a gardé des photos, quelques livres et son gros fauteuil. Pourtant, le vieux monsieur semble en pleine forme. Il est très heureux de la visite de celle qu'il appelle sa petite souris. Il l'invite à manger au restaurant de la Résidence.

Pendant le repas, Perrette pose la question qui lui brûle les lèvres.

– Grand-papi, elle ne te manque pas, ta maison ?

– Parfois, mais je m'habitue à vivre sans elle. C'est une nouvelle vie pour moi !

– Mais tu as gardé si peu de choses…

– J'ai l'essentiel. Uniquement ce qui est précieux à mes yeux. Tu sais, Perrette, les choses que l'on possède finissent toujours par nous posséder.

– Qu'est-ce que tu veux dire, grand-papi ?

– Qu'il faut faire beaucoup d'efforts pour acheter ou entretenir des objets dont on n'a pas vraiment besoin. On gaspille ainsi bien du temps. Ce n'est pas le plus important.

– Et c'est quoi, le plus important ?

– Nos souvenirs, les bons moments que l'on passe ensemble… Ta visite d'aujourd'hui, ton sourire de petite souris… Quand on est vieux, c'est ça qui nous reste.

Saperlicroquette ! Perrette en sait quelque chose, des efforts qu'il faut fournir pour obtenir ce qu'on veut ! Cette histoire de trucs dont on n'a pas vraiment besoin, de bons moments passés ensemble… Et si grand-pupi avait raison ?

De retour chez elle, la fillette réfléchit à ce que lui a dit son grand-père. Elle étale sur son lit sa courte-pointe aux tulipes. C'est un souvenir de sa grand-mère : elle l'a cousue lorsqu'elle était jeune fille. Et Perrette n'a qu'à ouvrir le vieux livre de contes pour entendre la voix de sa mamie disparue. Quant à l'oiseau de cristal, il n'attend que Rougeline. Perrette a soudain hâte d'effacer leur chicane stupide et de retrouver sa copine.

Plus le 18 juin approche, plus la fillette grille d'envie de participer à

la sortie de famille. Quand elle sera vieille, elle se souviendra de cette journée spéciale, c'est sûr !

Perrette a fait son choix. Elle aurait pu gagner tous les sous pour acheter sa toilette de vedette. Elle a prouvé son courage. Mais elle en a ras-le-bol de nettoyer l'aquarium et de ramasser des canettes.

Adieu camisole à bretelles, jupe à volants et chandail brodé ! La fillette attrape sa tirelire pleine de

dollars et descend rejoindre sa famille à la cuisine. D'un geste décidé, elle dépose la petite vache sur la table.

– Si ce n'est pas trop tard, j'aimerais bien venir avec vous le 18 juin.

Perrette a une grosse boule dans la gorge et se réfugie sur les genoux de son père. Maman se lève et revient quelques secondes plus tard en agitant un papier imprimé sous son nez.

Incroyable ! C'est un billet pour le Cirque des Planètes… le cinquième.

– On l'a acheté en même temps que les autres, chuchote papa à son oreille.

– Croyais-tu vraiment qu'on y serait allés sans toi, mon petit cœur ? ajoute maman en riant.

Une minuscule larme coule le long du nez de Perrette. Elle fait tinter les sous de sa tirelire.

– Et si on invitait aussi grand-papi ?

Dans la même série

Rougeline et le loup

Achevé d'imprimer en juillet 2008
sur les presses de Imprimerie L'Empreinte inc.
à Saint-Laurent (Québec) – 74205